QUELQUES PENSÉES

POÉSIES

Par PROSPER FENIOU

Ancien Rédact. du POPICHE

Prix : 1 Fr.

Poètes, si parfois passant votre chemin
Quelques-uns ont voulu flétrir votre couronne,
Laissez tomber un sou, car on vous tend la main,
Et les pauvres d'esprit sont dignes d'une aumône.
H. MULLOT (Poésies inédites).

LIMOGES

IMPRIMERIE H. DUCOURTIEUX, RUE CROIX-NEUVE

1863

Quelques Pensées

QUELQUES PENSÉES

POÉSIES

Par PROSPER FENIOU

Ancien Rédact. du POPICHE

Prix : 1 Fr.

Poètes, si parfois passant votre chemin
Quelques-uns ont voulu flétrir votre couronne,
Laissez tomber un sou, car on vous tend la main,
Et les pauvres d'esprit sont dignes d'une aumône.
H. MULLOT (Poésies inédites).

LIMOGES

IMPRIMERIE H. DUCOURTIEUX, RUE CROIX-NEUVE

1863

A MON SPIRITUEL COMPATRIOTE

Albéric SECOND

—————

Monsieur,

Jeune, ardent, désireux d'arriver et de suivre glorieusement la route que vous avez parcourue avec tant de génie, je serais heureux et fier si les quelques rimes qui suivent pouvaient mériter vos encouragements.

Veuillez en accepter l'hommage.

P. FENIOU

DE LA CHARENTE.

PRÉFACE.

Qu'est-ce que ce livre?

Bien peu de chose, sans doute. — Le résultat de longues veilles? Eh! mon Dieu non! — c'est tout simplement la réunion de quelques rimes, de quelques pensées, de ces inspirations qu'on appelle vulgairement le simulacre de V. Hugo, de Lamartine, de Viennet, voire même de Mme E. de Girardin, — en un mot une futilité.

Je le livre à l'indulgence du public avec confiance, persuadé qu'il n'y puisera que de saines pensées, peu d'esprit et pas d'invention. — Je suis fâché de n'avoir rien de mieux à lui offrir, car j'ai la certitude qu'il m'en serait reconnaissant, tant la chose serait nouvelle.

Ce petit recueil, dans lequel j'ai invoqué si souvent les neuf muses, qu'il me soit permis de le dédier à la dixième, à la plus belle, à une de mes bonnes connaissances — c'est le plus sûr garant que je puisse vous offrir, lecteur mon ami, et vous, Mademoiselle, la plus grande faveur que vous puissiez m'accorder, si vous me permettez de vous vouer une amitié éternelle.   PROSPER FENIOU.

Février 1865.

SUICIDE.*

Si parfois vous voyez, au printemps de sa vie,
Un homme se creusant un tombeau de sa main,
Oublier que pour lui Dieu fit un lendemain,
Plaignez-le, l'espérance à son âme est ravie;
     Il meurt de misère et de faim!

Longtemps de nobles pleurs ont creusé sa paupière,
Mais la source est tarie, et la mort maintenant
Vient terminer les maux du pauvre agonisant.
Regardez : il se hâte à finir sa prière ;
     Car sa sentinelle l'attend!

Ce n'est pas sans regret, pauvre exilé sur terre,
Qu'il fuit en soupirant les plaisirs d'ici-bas ;
Mais son rêve est passé, vrai seul est son trépas.
La coupe qu'il buvait devenait trop amère ;
     Il la brise et n'achève pas !

« * Outre les pièces couronnées, un certain nombre d'autres
» morceaux envoyés au concours ont une valeur réelle ; ce
» sont, par ordre de mérite, *le Suicide*, par M. Prosper Feniou,
» etc... »   (*Voix de la Province*, nᵒ 12.)

S'il recherche sitôt le repos de la tombe,
S'il désire en finir avec l'humanité,
C'est que tout n'est ici, tout n'est que vanité !
Laissez-le donc mourir, il est temps qu'il succombe ;
    Il a droit à l'éternité !

Et vous qui l'accusez, qui blâmez son délire,
Qui pouviez lui jeter une obole en passant
Et laisser à sa mère encore son enfant,
Riches au cœur d'airain, à l'infâme sourire ;
    S'il voit Dieu vous verrez Satan !

Novembre 1862.

MES PENSÉES.

(DÉSILLUSIONS.)

Lectrices qui savez les douleurs et les charmes
De l'amour ; qui savez ce qu'on verse de larmes,
Quand on est seul à seul avec un souvenir,
Que l'on ne peut chasser, qui ne doit pas finir ;
Qui vous poursuit partout, implacable et sans trève
Et change chaque nuit en un pénible rêve,
Oh ! ne me blâmez pas de dire à cœur ouvert
Tout ce que j'ai senti, tout ce que j'ai souffert.
Le fardeau que je porte est trop pesant sans doute,
Et tous mes pleurs s'en vont lentement, goutte à goutte !
J'ai besoin de trouver pour mon cœur abattu
Un cœur sincère et vrai de ma souffrance ému,

Afin de partager avec lui mon calvaire
D'incessantes douleurs, tribut du prolétaire;
Comme à son lit de mort, quand il retourne à Dieu,
Le vieillard à ses fils fait un dernier adieu,
Les embrasse et s'éteint, modernes Madeleines
Laissez-moi donc aussi vous raconter mes peines.
De grâce, écoutez-moi, pour qu'un sommeil heureux
En m'enlevant au monde enveloppe mes yeux.

      D'abord je crus à l'innocence,
      A l'amour, à la probité,
      Je crus à la reconnaissance
      Et je crus même à la bonté.

Ah! ces illusions, cet espoir, ce mirage,
Couvrant la vérité, pour moi, d'un beau nuage,
Déroulaient dans mon cœur moins crédule aujourd'hui,
Des songes tissus d'or, mais qui trop tôt m'ont fui.
Des songes dont l'optique aux couleurs séduisantes
Dorait mon avenir d'espérances charmantes.
Vain espoir, je le sais, et détruit tôt ou tard
Par le monde qu'on heurte, ou bien par le hasard;
Espoir trompeur et faux, rêve de la jeunesse
Qu'on a laissé bien loin quand on meurt de vieillesse,
Et dont la fiction sait en rapidité
Suivre le pas géant de la réalité.
Oh! cet espoir si doux n'était-ce pas mon rêve!
Mais je l'ai tant bercé, qu'à présent il s'achève.
Il était beau pourtant, pourquoi le voir détruit?
Pourquoi faut-il enfin que dans le plus beau fruit,
Sous une peau vermeille un insecte se forme
Et vienne démentir l'apparence et la forme?
C'est une force acquise, une loi d'ici-bas,
Et les hommes vaincus ne la combattent pas.

Ils marchent résignés, soumis à ce principe,
Et le vice s'accroît, chacun y participe.
Ce n'est pas tout pourtant, et de quelque côté
Que l'on porte la vue, on fuit épouvanté
De ce spectre hideux, surnommé race humaine,
Formidable géant qui nous tient à la chaîne.
Cependant écoutez ce grand prédicateur,
Il a parlé je crois de joie et de bonheur !
Le monde selon lui marche et gronde sans cesse,
Le travail est son Dieu, la vertu sa déesse ;
Erreur ! et je ne vois pour toute vérité
Qu'avarice, mensonge et partialité.

II.

Je t'abhorre et te fuis, race humaine maudite,
Dénombrement impur ; ta phalange proscrite
Est déjà trop nombreuse, ainsi laisse-moi donc,
A ton cœur sans pitié je demande pardon.
Ne viens pas désormais troubler ma solitude,
J'en ai fait dans mes maux une douce habitude ;
. . . .
. . . .
Les larmes de mes yeux éteints par les douleurs,
Respecte-les du moins, ce ne sont point des pleurs !

III.

Oh ! que sont devenus les jours de mon enfance !
Que ne m'ont-ils laissé ma source de Jouvence,
Ces hommes dont le cœur par le vice durci
N'entend jamais la voix qui demande merci.

Savez-vous ce qu'ils font du cœur dont ils s'assurent ?
Ils le prennent joyeux, le pressent, le pressurent,
Forcent l'âme en un mot d'en sortir, et plus tard
Acceptent pour confrère un cadavre bâtard,
Aveugle à l'œil voilé d'obscurité profonde ;
Mais qu'importe après tout, n'est-il pas de ce monde
Ce cadavre vivant ? qu'il se résigne alors,
Et s'il n'a leurs défauts, qu'il en ait les dehors,
Voilà l'humanité ! Vertu de notre époque,
Tu n'es plus maintenant qu'un vain mot qui me choque ;
Qu'un désert qu'on parcourt, ne trouvant en chemin
Pas de poitrine hélas ! qui n'ait un cœur d'airain.
Et c'est pourtant ainsi que marche et vit le monde
A la face blafarde, au regard terne immonde.
Heureux ! cent fois heureux les hommes d'autrefois !
Et quand je les compare à tous ceux que je vois,
Une larme aussitôt s'échappe involontaire,
Et du feu de son eau vient brûler ma paupière !

IV.

Pourtant l'on est heureux de n'avoir pas atteint
Cet âge de raison où tout plaisir s'éteint,
Où la réalité se montrant toute nue,
Présente sans pudeur ses appas à la vue,
Et détruit tout à coup, sans respect, sans pitié,
Deux nobles sentiments, l'amour et l'amitié ;
Cet âge où la vertu devient une chimère,
Où l'enfant d'autrefois hait maintenant sa mère,
Lui qui vivait avant, heureux, exempt d'orgueil
En attendant sa part de misère et de deuil ;
Où chaque jour arrive, où chaque jour s'achève,
Nous montrant le revers de notre plus beau rêve,

Et laissant voir à nu le poison qui s'accroît,
Et ne tarit jamais dans la coupe où l'on boit,
Ah! oui, l'on est heureux, et pourtant la jeunesse
Trouvant que le temps fuit à petite vitesse,
Accuse le destin d'aller trop lentement.
L'enfant se plaint toujours de n'être qu'un enfant.
Insensé! s'il savait les chagrins qu'on éprouve
Sur la route où son pied se hasarde ; on n'y trouve
Que ronces et cailloux ; des fleurs? dérision!
Feu follet, rêve creux, chimère, illusion!
De l'amour? maintenant on ne dit plus : je t'aime ;
Ou si quelqu'un le dit, ce quelqu'un-là blasphème!
On marchande une femme, on l'achète, on se vend,
Et le cœur dans l'affaire est neutre, indifférent.
Il ne garde aucun droit, hélas! il se résigne
Et ne calcule pas s'il se donne au plus digne.
Et chacune, craignant et le froid et la faim,
Vend son âme au rabais pour acheter du pain.

V.

Bienveillante lectrice, aimable enchanteresse,
Vous que le temps épargne et qu'Apollon caresse,
Je vous bénis. Mon cœur en vous divinisant,
Redira votre nom jusqu'au dernier moment.
Rêvez, rêvez toujours, prolongez le sommeil,
Car la réalité n'est qu'un fâcheux réveil,
Où tout ce que vos yeux auront vu dans les songes
Ne vous paraîtra plus que de tristes mensonges
Inventés pour le cœur qu'ils doivent éblouir,
Et dont le faux éclat vient de s'évanouir

Automne 1861.

EXILÉ D'ESPAGNE.

ROMANCE.

Mon cœur, bondis, bondis encore...
Pauvre proscrit que me faut-il?
L'Alhambra que le soleil dore
Et les flots bleus de mon Xénil

Il me faut, le soir à la brune,
Et ma guitare et mon manteau,
La manole à l'épaule brune,
La jacara, le fandango.

Il me faut les verts sycomores,
Les orangers chargés de fleurs,
Les ruines des vieux palais maures
Et la grâce de nos danseurs.

Il me faut ma noble famille,
Les tours rouges de l'Alhambra,
Le xérès divin qui pétille
Et les bandits de la Sierra.

Laissez-moi dans un soir sans lune
Aller au-dessous d'un balcon,
Chanter à la marquise brune
Mes séguedillas, ma chanson.

Laissez le castillan sonore
Égayer sur les poseos,
A l'ombre frais du sycomore
La fleur de nos caballeros.

Laissez-moi les folles journées
De nos grandes toreadas,
Où viennent toutes les années
Et marquises et manolas !

Mon pauvre cœur... c'était un songe,
Loin du pays il faut mourir
L'amère tristesse me ronge,
Je ne vis que de souvenir.

Bayonne 1861.

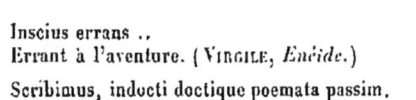

Inscius errans ..
Errant à l'aventure. (VIRGILE, *Enéide.*)

Scribimus, indocti doctique poemata passim.
(HORACE.)

Ignorants ou savants, nous sommes tous poëtes.
(FEXIOU.)

I.

Ce soir après souper j'ai l'humeur un peu gaie.
C'est vrai que ce médoc monte bien au cerveau ;
Mon palais est fort gras, malgré moi je bégaie,
Je vois une fourmi grosse comme un tonneau.
Hélas ! que voulez-vous ? la vie est ainsi faite,
Travail, plaisir, amour, calme après la tempête,
Après le mouvement on trouve le repos ;
Aujourd'hui, supposons, j'ai l'humeur taciturne,
Je suis tout renfrogné, comme un oiseau nocturne,
Et demain... ô quels chants, quels pétillants propos !...
La vie, ami lecteur, est pleine de contrastes,
On rencontre ici-bas jours bons et jours néfastes ;
Aujourd'hui j'ai gagné, demain j'aurai perdu,
Tel qui tue aujourd'hui demain sera pendu.

Aux vagues du hasard laissons aller la vie,
Un peu d'insouciance et de philosophie
Ne peuvent gâter rien, à mon âge surtout,
Que me fait, d'avoir vent arrière ou vent debout?...
Quand de notre jeunesse à la fraîche couronne
Nous verrons un à un choir les pistils flétris,
Nous dirons : de mes ans à Dieu j'ai fait l'aumône,
Les a-t-il acceptés? — non, mais il les a pris.

II.

Sur une mer d'azur lançons notre nacelle,
Et, quand au firmament la pléiade étincelle ;
Que du milieu du fleuve on entend l'*Angelus*,
Adieu nocturne au jour qu'on ne reverra plus ;
Que le zéphir caresse une nappe sans rides ,
Quand sortent les tritons de leurs grottes humides,
Et viennent se jouer ensemble sur les flots ;
Quand au loin on entend le chant des matelots,
Qui s'en vient affaibli par la grande distance,
Accompagner la rame et tomber en cadence ;
Et quand à l'horizon on voit par un beau soir
Bordeaux sur le ciel bleu se découper en noir,
Et les reins appuyés contre le mât qui penche,
On voit là-bas, là-bas, poindre une voile blanche ;
Qu'en pensée on se meut dans un monde idéal,
Où l'on ne connaît pas, ni le bien ni le mal,
Ou bien que la matière un moment nous absorbe ;
Quand on entend le son du luth ou du théorbe,
Qu'on voit un sein bondir au tourbillon du bal,
Ou bien qu'une beauté, lascive et demi nue,
Les yeux remplis d'amour se présente à la vue

Quand un voile indiscret trahit ses doux appas,
Que le désir ardent nous enchaîne à ses pas ;
Ou bien le front penché sur notre bras qui plie,
On rêve liberté, gloire, vertu, génie.....

III.

Oh ! laissons retomber notre front sur nos bras
Quand le hazard nous guide il ne se trompe pas...
Au souffle du destin j'oriente ma voile,
Et la fatalité c'est là ma seule étoile.
Quand au lieu de tableaux riants et lumineux
La route de ma vie est un chemin boueux ;
Quand au lieu du bonheur — ou du moins de l'aisance —
Je n'ai que le tableau d'une froide indigence,
Où des spectres maigris, décharnés et hideux,
Rouleront des regards stupides ou furieux ;
Que l'enfant enfoui sous des hardes pourries
Sucera vainement les mamelles taries ;
Que dans ces yeux hagards, que dans ces pauvres cœurs,
On ne trouverait plus qu'un peu de sang pour pleurs ;
Ou bien, dans ce réduit, ce repaire du crime,
On se partage l'or trouvé sur la victime.....
. . . .

IV.

Et que me font à moi, ces tableaux repoussants ?
Dans la vie, ô lecteur, nous sommes des passants ;
Que le destin me tourne et me retourne encore,
Qu'il me roule en riant du couchant à l'aurore,

Que mes jours soient riants ou qu'ils soient malheureux,
Je n'y prends nulle garde en mon insouciance !...
Travail, plaisir, douleur, désespoir, espérance,
Je confonds tous ces mots dans mes songes heureux.

V.

La vie, croyez-le bien, n'est pour moi qu'un long rêve,
Je fuis tant que je peux un réveil trop hâté ;
Ma gaîté de poète, oh ! jamais ne s'achève,
Et je vis d'idéal, non de la réalité.

>   Le bruit du grand monde m'ennuie,
>   La solitude me fait peur.

>   J'aime petite comédie,
>   Petits soupers, mais bonne humeur !

>   J'aime surtout quand je sommeille
>   Petite main dans mes cheveux ;

>   Et j'aime aussi quand je m'éveille,
>   Petit baiser d'un ange heureux !...

Bordeaux, automne 1859.

AMOUR ET MUSE.

Lise dimanche à sa fenêtre,
Tristement contemplait ses fleurs,
Que les beaux jours avaient fait naître
Et qu'elle arrosait de ses pleurs.

Comment Lisette, au lieu de rire
Et d'entonner une chanson
Votre cœur est triste et soupire,
Vos yeux pleurent à l'unisson ?
Pourquoi laisser couler vos larmes ?
Pourquoi vos bras sur les genoux ?
Votre sourire a tant de charmes !
Allons, Lise, souriez-nous.
Ne pleurez plus, soyez joyeuse,
Mon cœur devine maintenant
Qu'il faudrait pour vous rendre heureuse
Et tarir vos pleurs à l'instant ;
Pour apaiser cette tristesse,
Pour étouffer ce gros soupir
Et transformer en allégresse
Ce noir chagrin qui veut finir,
Sur vos genoux poser ma tête,
Très longuement causer d'amour,
De rêves d'or, de bal, de fête,
Je sais qu'il faudrait tout un jour
Joindre à la vôtre ma pensée,
Placer ma main sur votre cœur,
Et la voix grave, embarassée,
Vous murmurer le mot bonheur ;
Qu'il faudrait parler poésie,
Et d'illusion vous bercer
En vous abandonnnant ma vie —
Oh ! Lise laissez-moi rêver !
Rêver... ça nourrit le poète ;
L'amour n'est que son passe-temps ;
Sa muse jalouse, inquiète,
Ne l'abandonne pas longtemps.

Toutes deux, Lise, je vous aime,
Vous m'inspirez de beaux couplets.
Muse et l'Amour sont un poème
En deux chapitres incomplets ;
Il faut le jus de la bouteille,
Et c'est la main de l'échanson
Qui fait savourer sous la treille
Le vin, l'amour et la chanson.
Lisette soyez donc joyeuse,
Car aujourd'hui je suis content,
Ma muse est folâtre et rieuse,
Et vous devez en faire autant.

Octobre 1862.

PIGEON VOLE.

Je ne veux pas vieillir, l'avenir me désole ;
Comme on doit s'ennuyer, alors qu'on a quinze ans !
Moi je cours tout le jour, je joue à pigeon vole,
Et maman prend plaisir à mes jeux innocents.

Je ris lorsqu'à ma sœur je fais donner un gage,
Et qu'au nom d'un oiseau sa main ne vole pas ;
Puis j'instruis ma poupée et lui dis d'être sage,
Pour que Dieu nous bénisse et nous parle tout bas.

Mais quand on a quinze ans, dites que doit-on faire ?
On ne peut plus courir dans les prés et les bois ;
Le front doit être pâle et le regard sévère,
On a comme un vieillard des larmes dans la voix.

Quand j'aurai mes quinze ans je ne devrai plus rire.
Maman ne pourra plus me bercer sur son cœur ;
J'aurai soir et matin de grands livres à lire,
Et deviendrai souffrante, ainsi qu'a fait ma sœur.

A quinze ans la gaîté disparait et nous quitte.
Pendant les soirs d'hiver, s'il vient quelqu'un vous voir,
Ceux qui vous embrassaient en vous voyant petite,
A peine à vos côtés osent venir s'asseoir

Ainsi qu'a fait ma sœur, quelquefois à la brune
J'irai seule pleurer sur le bord d'un ruisseau,
Et là je confierai mes chagrins à la lune,
Quand elle vient mirer son front pâle dans l'eau.

Sous le feuillage épais j'épancherai mon âme
Et laisserai couler les larmes de mes yeux ;
La lune m'entendra ; — la lune est une femme
Qui cherche quelque chose et qui parcourt les cieux.

Alors que nous dormons, la lune solitaire
Sème les champs de l'air de magiques couleurs :
C'est la reine des nuits et le Dieu du mystère,
Qui fait parler le soir les arbres et les fleurs.

C'est un ange exilé, c'est une fille blonde ;
On croirait que le bal a causé sa pâleur ;
Et son ombre la nuit se penche sur le monde
Pour recueillir les maux et calmer la douleur.

Mon Dieu console-moi par ta sainte parole !
Tu chéris la jeunesse et bénis les enfants ;
Que quelquefois encor je joue à pigeon vole,
Et que bien lentement j'arrive à mes quinze ans !

13 août 1861.

DOLORÈS.

Le sylphe caché dans la mousse
Et la naïade du ruisseau
N'ont pas son haleine si douce,
Douce comme un soupir d'oiseau.

Ses yeux dont le cil noir prolonge
L'ombre sur son visage pur,
Doivent voir comme dans un songe
L'ange de ses rêves d'azur.

Un sourire suave entr'ouvre
Sa bouche fraîche de carmin,
Sa longue chevelure couvre
Les deux globes blancs de son sein.

Je chantais à ma noble dame
Le soir quand vient le vent d'amour,
Des mots qui du cœur vont à l'âme
Jusqu'aux premiers rayons du jour.

Le rayon d'or qui la caresse
Marquant ses contours arrondis,
Ne vaut pas l'ardente jeunesse
De cette fleur du paradis.

Je brûlerai le cinnamone
A tes petits pieds purpurins,
Vierge andalouse, ange, madone,
Née sous ces climats divins.

Ange, laissons brûler notre âme
Au souffle d'un amour de feu,
Popiche n'aime que sa dame,
Le vin, sa muse et puis son Dieu.

Toulouse, juin 1860.

ÉPILOGUE.

Je fais un métier de la rime —
On ferait moins de dette ailleurs ;
Mais enfin ce n'est pas un crime,
Car... je ne dois qu'à mes tailleurs.

15 février 1863.

Limoges, imp. Ducourtieux.

www.ingramcontent.com/pod-product-compliance
Lightning Source LLC
Chambersburg PA
CBHW061638180626
46818CB00005B/2422